KB153396

당신이 지난 자리에
꽃이 피었다

당신이 지난 자리에 꽃이 피었다

초판 1쇄 발행 2022년 10월 18일

지은이   히조(heezo)
발행처   키효북스
발행인   김한솔이
디자인   김효섭
주 소   인천시 부평구 부평대로 165번길 26, 1층
           출판스튜디오 쓰는하루(21364)
이메일   two_hs@naver.com
블로그   https://blog.naver.com/two_hs
인스타그램   @writing_day_

ISBN 979-11-91477-26-9

당신이 지난 자리에 꽃이 피었다

당신의 행복이 당연했으면 좋겠어요

히조(heezo) 지음

키효북스

prologue

생과 사가 끝없는 흐름을 이루는 이 세상에서
당신은 그저 당신으로 생을 살다 당신으로 마감한다.
전 우주를 통틀어 당신은 오직 단 한 명.
수 세기가 지난다고 해도 당신은 그저 당신이었던 단 한 명.
그 누구도 대신할 수 없고 당신 이외의 당신은
존재할 수조차 없는 이 세상이기에.

당신은 소중하다.

소중한 _____님께
나의 마음을 전합니다.

차
례

2장. 초록을 걷다
"당신을 사랑합니다"

3장. 가을밤의 호숫가

"당신은 그저 당신 그대로이다"

4장. 겨울은 반드시 봄이 된다

"나의 삶을 사랑할 때"

"봄이 속삭인다.
꽃 피워라, 희망하라, 사랑하라.
삶을 두려워하지 말라."

-헤르만 헤세(Hermann Hesse)-

1장 / 봄의 마음으로

사랑을 품어야 하는 이유

나는 봄을 찾고 있다.

지천에 꽃이 흐드러지게 핀다는 그 세상.

봄을 볼 수 있는 꽃

"봄이 어디 있는지 알 수 있을까요?"
왜 다들 갸우뚱거리기만 하는 거야.

봄을 볼 수 있는 꽃

어디에도 없는 걸까.

봄을 볼 수 있는 꽃

그때 한 소녀가 와서 꽃 한 송이를 건넸어.

"이게 뭐니?"

봄을 볼 수 있는 꽃

"봄을 볼 수 있는 꽃이요."

봄을 볼 수 있는 꽃

나는 그 꽃을 쥐고 세상을 보았어.

이미 내가 있는 곳이 봄이었더라.

"이렇게 귀한 꽃을 나에게 주어도 되겠니?"

"그럼요. 이 꽃은 나누어줄수록 만개하는 꽃이래요."

"와. 정말 마법 같은 꽃이다.

나도 정성껏 키워 봄을 찾는 사람들에게 이 꽃을 선물하겠어.

이 꽃의 이름의 뭐니?"

"이 꽃의 이름은 '사랑'이에요."

봄을 볼 수 있는 꽃

봄을 열며

마음에 사랑 하나를 품으면 온 세상이 절로 품어집니다.

매일 다른 빛을 내어주는 하늘과 무심코 지나치던 풀잎 하나도 가벼이 보이지 않게 되고, 모든 시선에 애정을 담아 바라볼 수 있게 되지요.

매 순간 의식하지 않아도 마음에 아름다움이 수집되는 거예요.

봄은 보는 계절이라는 말이 있어요.
보지 않으려 했던 것을 보고
볼 수 없었던 것을 보기 시작하면서 봄이 온다고.
봄이 와도 그것을 보지 못하면
여전히 우리가 머무는 곳에는
영영 봄이 오지 않는 것이라고.

그러니 당신의 마음속에 움트고 있는 모든 것들을
자세히 바라보세요.
당신이 머무는 계절에는 이미 소리 없이 봄이 와있습니다.
아니 매 순간 봄이었을지도요.

생기를 더해가며 개화를 준비하는 마음속 봄꽃들이
간절히 당신의 시선을 기다리고 있어요.
하늘을 향해 당신의 꽃잎을 활짝 열어젖히세요.

우리가 마음만 먹으면
언제든지 우리의 인생은 봄이 될 수 있어요.

살구색 오후

따뜻하게 데워진 바위는 온몸을 녹이고
맑은 계곡물은 빛에 물들어 반짝반짝
온 마음을 일렁이게 한다.

사랑으로 세상을 보는 것은
따뜻하고 반짝이는 모든 것을
눈에 담고, 몸으로 느끼며
온 마음으로 받아늘이게 되는 일.

피워내는 마음

만개한 꽃이
바삐 걷던 발걸음을 멈추게 한다.
세상을 보던 눈은 감게 하고
향기로운 마음을 깨어나게 한다.

누군가의 마음이 그러했다.
향기를 가득 머금은 다정함이
아프게 살아내던 나를 잠시 멈춰 세우곤
따뜻함을 깊이 호흡하게 했었디.

호숫가에 가만히 앉아 고개를 들었더니
산등성이에 나무들이 빼곡히 개어있다.
한참을 바라보니 만물의 시선이 깨어난다.

높은 곳에서 낮은 곳으로 몸을 기울인
겸손한 나무들의 시선 끝에는
사뿐한 바람을 업고 살랑이는 호수가 있다.

잔잔하게 흐트러지며
모든 곳으로 천천히 가닿는 물결 위에는
빛의 조각들이 편안하게 몸을 누인 채
하늘을 마주한다.

유영하는 구름 뒤 미소를 숨길 수 없는
햇살은 사방으로 따뜻한 눈길을 보낸다.

모두가 다정한 시선을 주고받는
아름다운 아침이었다.
서로를 사랑하기에도 바쁜 그런 아침.

산
과
같
아
라

내 마음도 해와 달을 품어주는
깊은 산과 같았으면 좋겠다.

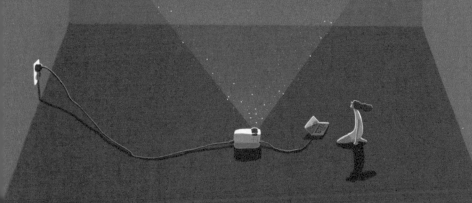

마음은 입출력이 명확하다.

마음에 그 무엇도 남지 않았는데
어찌 무엇을 내어줄 수가 있을까.

마음에 너른 숲이 없다면
나무 그늘을 내어줄 수 없고.

마음에 나무 한 그루 없다면
풀 한 포기도 내어줄 수 없는 것이다.

서유럽 여행 중 스위스 피르스트 산맥을 따라 하이킹을 한
적이 있다. 광활한 대자연 앞에서 한낮 카메라는 의미가 없
어지고, 눈에 담으려 애를 써도 담을 수 없는 아름다움이었
다. 아름다운 광경들은 계속해서 날카로운 울림으로 나를
침묵하게 했다.

그렇게 도처에 넘쳐나는 아름다움 앞에 겸손한 걸음을 하던
중 순식간에 모든 것을 삼켜 버릴 듯한 천둥 번개와 비바람
을 마주했다. 걸어 올라오던 폭신한 흙길은 파도의 물살처
럼 빠르게 헤쳐지고, 그 길에 보았던 초록 잎들은 그늘을 머

금고 잿빛 더미가 되어 있었다. 비바람에 눈을 비비며 그들과 뒤범벅이 되지 않기 위해 발끝에 온 신경을 집중했다. 흠뻑 젖은 꼴을 하고 비틀거리며 겨우 산맥 아래로 내려왔을 때 거짓말처럼 다시 개어진 하늘 사이로 빛이 내리쬐었다.

자연은 인간에게 아름다움을 쥐여주었다가 일순간 두려움의 대상이 되어버리곤 한다. 완벽하게 통제할 수 없고, 한치도 예측할 수 없는 것. 마음이라고 자연과 다를 게 있을까. 나의 마음에 따뜻한 햇볕이 쉼 없이 내리쬐다가도 마른하늘에 폭우가 쏟아지는 날이 있었다. 사랑과 긍정을 품고 아름다움을 보려 애써도 때로는 세상의 그늘과 상황이 그 시선을 가로막을 때가 있다.

그럼에도 우리가 걸음을 떼고 나아가려고 할 때.
잿빛 더미를 초록으로 보려 심안의 노력을 기울일 때.
약속이라도 한 듯 다시 해가 뜨고 그늘이 거두어진다는 것을 나는 잊지 않고 살아가고 싶다.

꽃이 피어서
봄을 이뤘다.

있
잖
아

눈을 감으면
더 선명해지는 것들이 있어.
햇살, 봄바람, 추억, 사랑

꼭 따뜻한 것들은 다 그렇더라.

물든 하늘이 아름다워.

날리는 풀잎이 사랑스러워.

몇 걸음도 못가 번갈아 가며 멈춰 서는 우리를

우리는 몇 번이고 말없이 기다려줬어.

우리가 서로 사랑하며 살아가는 것 또한

이런 이유겠지.

아름다운 것을 당연하게 사랑하는 일.

집
으
로

가
는

길
에

돌산에 핀 야생화처럼

사랑은
잿빛 속에서도
색을 잃지 않게 해주는 것.

어떤 이유에서도
나를 피어나게 하는 것.

마음에 사랑을 품어야 하는 이유

아름다운 것을 보았을 때
떠오르는 사람이 있는가?

사랑은 아름다운 것을 볼 수 있게 함과 동시에
그것을 나누고 싶은 마음까지 겸하여
당신을 채워나간다.

그것만으로 우리는
마음에 사랑을 품어야 하는 이유가 충분해진다.

봄의 마음으로

매일이 선물 같은 날씨다. 금세 사라져 버릴까 더 오래 보게 되는 것들이 있는데, 햇살을 받아 반짝이는 꽃잎들이 그렇다. 봄바람에 살을 부대끼며 한철을 살아도 누구 하나 투덜대지 않는 꽃잎들은 참 예쁜 마음을 가졌다.

그렇게 사이좋게 살랑이다가, 이제는 초록 잎에 자리를 내어줘야 한다며 초여름 바람에 제 몸을 훌쩍 던져버리는가 하면 온몸으로 장맛비를 흠뻑 맞아볼 거라며 가지를 놓지 않는 꽃잎들이 있다. 그들은 서로를 붙잡거나 울지 않는다. 그 자리에서 금방 다시 만날 것을 알기에.

만남과 헤어짐에 그리고 모든 감정에 예민하게 요동치며 뿌리째 흔들리는 삶이 아니라 봄의 꽃잎들처럼 살랑이며 살아가고 싶다. 다가올 계절에 훌쩍 마음을 내던져 보이기도 하고, 버텨내 보기도 하면서. 그 모든 과정에서 자연스럽게 살랑이고 싶다.

"세상에는 싸울 수 없는 두 가지 힘이 있어요.
하나는 자연이고, 또 다른 하나는 사랑이죠."

-영화 <5to7>-

2장 / 초록을 걷다

당신을 사랑합니다

우리는 그저.

서로의 보폭을 맞추어 가며.

같은 방향으로 걸어 나가는 중이야.

우리가 걷는 길

함께 비를 맞으며.

눈부신 햇살에 감사하고.

가슴 속 반짝이는 것들을 나누면서.

그저 서로의 곁을 묵묵히 함께하고 있어.

사람들은 우리가 걷는 길을
사랑이라 부른대.

여름을 열며

열기의 파도가 온 세상을 덮는다.
열대야에 잠 못 이루는 수많은 생명이
사랑에 매여 진종일 울부짖는다.
이 계절에는 피할 수 없는 소나기가 있고
영원 같은 장마가 있으며, 시련의 태풍 또한 휘몰아친다.
그리고 그 속에서 풍성한 생명이 초록으로 움튼다.

연인의 사랑을 피어나는 모든 것.
그중에서도 푸른 식물에 비유하고 싶습니다.
그렇기에 온갖 초록이 녹음을 이루는 여름은
사랑을 그리기에 더할 나위 없이 좋은 계절이지요.

강한 빛과 그림자가 대지에 생동감을 만들고
모든 것이 타오르고 피어오르며 상승의 궤도를 이루는 계절.
떠올리면 괜스레 기분이 좋아지는 그런 계절.
연인을 떠올릴 때면 늘 여름을 떠올리는 것 같습니다.

그렇지만 사랑을 따라가는 길이 언제나 맑은 초록일 순 없어요.
거센 빗줄기가 땅을 검게 적시기도 하고
폭풍이 온 세상에 그늘을 만들기도 하겠지요.
그래도 나는 당신과 함께라면
세상의 아픔에 온몸이 흠뻑 젖어도 좋겠다고.
잡은 손을 더 꽉 쥐고 기꺼이 마주하고 싶다고 말하고 싶습니다.
이 길 끝에서 우리는
더 견고하고 아름답게 피어오를 것을 안다고.

아픔과 상처 앞에 주저하며
당신에게 찾아온 여름을 무심하게 통과하지 마세요.
오르내리는 파도를 온몸으로 안으며
그저 영원일 것처럼 사랑하세요.

그런 당신은 눈부시게 아름다우니까요.

너를 보았을 때

쏟아지던 햇살이 내 가슴에
소리 없이 부딪혔다가
사방으로 눈부시게 부서졌다.

그 파편들은 작은 반짝임이 되어
마음 그늘에 빛 구멍을 내고는
흙 밑 뿌리까지 촘촘하게 새어들었다.

나
의
선
율

너는 변주 없이 반복되던 나의 일상을
모조리 로맨스로 바꾸어 놓았어.

같은 책장

책장 한켠에
결이 비슷한 책 두 권이
비스듬히 포개어져 있다.

누군가의 연인이 된다는 것은
각자의 인생을 단정하게 품은 채
서로가 내어준 곁에 다정하게 머무는 것.

여름밤은 너무 좋아

여름밤은 너무 좋아.
열기가 한풀 꺾인 선선한 저녁.
감고 나온 축축한 머리칼이 뽀송하게 마르면
복잡했던 머릿속도 사뿐하게 가라앉는 것 같아.
이 계절의 흙냄새가 좋아.
맨살에 감기는 부드러운 바람이 좋아.
골목을 가득 채우는 사람들의 소란이 좋아.
찰나의 정적에 들려오는 풀벌레 소리가 좋아.
그저 웃는 네 모습이 달빛보다 사랑스러워.
여름밤은 너무 좋아.

너랑 있는 여름밤은.
너무 좋아.

행복해지고 싶지 않아도
행복할 수밖에 없는 순간들로
자연스레 채워지고 있었어.

이보다 더 한 행복은
어떤 것일지 떠오르지 않아.

우 리 의 계 절 은

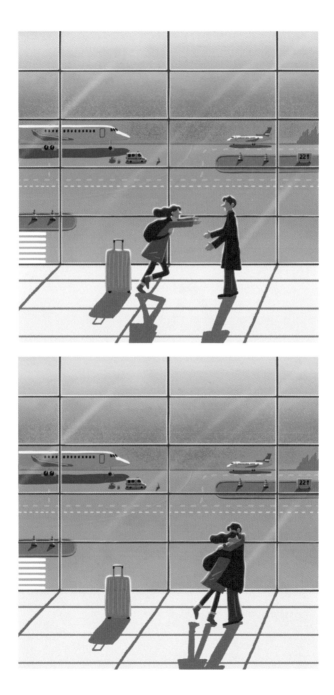

"보고 싶었어."

너
와
나

그리고 우리 둘 사이 선선한 바람으로
온 세상이 채워지는 순간들.
바람에는 특별한 냄새도 선명한 감촉도 없는데
둘만이 기억하는 향과 닿음이 존재한다.
이 계절 향기로운 추억을 되살려내는
아름다운 바람이 우리 사이를 관통한다.

마음의 정원

우리가 사랑하며 살아가는 것은
서로의 각기 다른 마음의 정원을 한데 모아
더 크고 울창한 숲으로 가꾸어 나가는 일과 같다.

하
모
니

사랑에 빠지면
상대의 모든 행동에서
의미를 읽어내려 한다.

시선과 손짓과 소리.
너의 입꼬리를 쓸어올리고
미소 짓게 만드는 온갖 것들.
너를 둘러싼 침묵의 공기와
찰나의 몸짓까지도.

너의 무수한 감정들이 만들어내는 전부가
곧 나의 의미가 되어가는 순간들.

네가 사랑하는 모든 것을
나도 사랑하고 싶어진다.

느린 여행

느린 여행 같은 사랑을 하고 싶다.
마음속에 오래도록 아끼고 아껴둔 나만의 여정.
그런 곳은 오히려 함부로 가지 않게 된다.

풍경의 잔상을 차창 밖으로 그저 흘려보내는 것이 아니라
밟는 길의 흙냄새를 맡고 식물의 모양을 익히며
시종일관 변하는 하늘의 색과 그곳을 채운 공기마저도
마음속에 차곡차곡 눌러 담으며 걷는 여정.

걸음마다 진심을 담아 내딛고 싶은 그런 사랑.

참,

"예쁘다."

당신은 나에게 위안을 주는 사람

피로를 온몸에 묻혀도 잠이 들 수 없던 나에게
한없이 나른하고 너른 품이 되어 주었던 사람.
잦은 밤 침묵으로 전화를 받고
메인 목으로 겨우 짧은 대답만 뱉어내어도
그저 같은 침묵으로 대답해주던 사람.

아픔을 되새김질시키지 않으려
부단히 노력하고, 묵묵히 기다려주던 사람.

당신은 내가 결코 가지지 못해
누구에게도 줄 수 없던 위안을
깊은 곳에 한껏 품고 있던 그런 사람.

서
울

잠들지 않는 도시
날도 좋은데, 너랑 손잡고
사부작 밤 산책하고 싶다.

사
랑

함께하는 모든 걸음이 새로워
매일을 낯선 여행자가 되어버린다.
한겨울에도 지천에 꽃이 흐드러진
이 신기한 세상을 영원히 헤매고 싶다.

헤매이는 것 또한 사랑

주저함 없이 사랑하는 것이 옳다고 여겨질 때가 있었다. 조금이라도 멈칫하는 걸음이라면 진정 사랑하는 마음이 아닌 것이라고. 그렇게 상대방이 내미는 용기의 손길 앞에서 혹은 속도를 달리한 그 한 걸음을 기다려주지 못하여 우리는 얼마나 많은 아픔을 거듭했었나.

많은 것들이 고민되는 현실 속에서도 자꾸만 눈이 가고 들고 싶으며 마음의 방향을 감히 정할 수 없는 것도 사랑이고 그 신중한 걸음 앞에 서로의 마음을 애틋하게 기다려주는 것 또한 깊은 사랑의 어귀였다.

우리는 마음껏 헤매어도 좋다.
사랑은 출구 없는 숲이라는 것을 이제는 알기에.

이
유

피어오른 적 없던

새싹이 만개하듯이

사랑은 들은 적 없던 선율에 노래하고
보지 않았던 장면을 그리게 하며
배운 적 없던 감정을 표현하게 한다.

그들의 눈에는
밤의 어둠이 아니라
그 속에서 눈부시게 반짝이는
별빛이 담길 거야.

그들의 눈에는
거센 파도가 아니라
햇살에 비치어 반짝이는
윤슬이 담길 거야.

그들의 마음에는
아마도
그런 것들이 담길 거야.

사랑은
아름다움을
볼 수 있는 마음을
함께 나누는 거거든.

여
름
의

상
자

너는 나에게 눈부시게 흐트러지던 윤슬.
피할 수 없던 장맛비이자
온몸으로 안고 싶던 파도.
그치는 것을 잊은 매미의 울음.
행복에 짙은 녹음이자 연초록 슬픔.
잊으려 해도 초록을 가득 묻히고
기어코 다시 돌아오는 여름.

충만함

빗소리에 섞이는 음악과 촉촉하게 퍼지는 빛.
손끝까지 감기는 와인의 취기와
적막 속에서도 편안할 수 있는 우리 사이.

나는 그저 당신의 존재만으로 충분하다.
아니. 충분하다는 말보다 더 충만한 표현은 없을까.
나는 당신이 우리의 공간에서 같은 공기를 마시고 내쉬는.
그저 그런 단순한 숨조차 함께할 수 있음에 모든 게 충만해진다.
당신은 그런 힘이 있다.

존재만으로 누군가의 영혼을 가득 차게 하는 그런 힘.

초록을 걷다

너를 따라 모든 길을 걷고 싶다.
아무 의심 없이 그냥 묵묵히
네가 걷는 길에 든든한 힘이 되어
그렇게 함께 걷고 싶다.

사랑만을 위한 사랑

나는 당신에게 언제고 사랑받고 싶은 사람이지만
그저 내가 사랑할 수 있으매 감사하고 싶다.
당신을 사랑하는 마음이 커져갈수록
나는 어제보다 나은 사람이 되고 싶어지며
수많은 날들을 살아낼 추진력을 얻는다.

나를 대하는 당신의 마음에
사랑에 빠진 나의 모습을 견주는 것이 아니라
사랑하는 것 자체로 행복을 느끼는 일.
그저 사랑만을 위한 사랑.

진심으로 누군가를 사랑할 수 있다는 것이
사랑받는 것보다 더 깊은 행복에 맞닿아 있다는 사실이
한층 견고한 사랑을 품을 수 있게 만든다.

나의 사랑은

사철나무

"행복이란 무엇인가.
모든 불행을 살아내는 것이다.
빛이란 무엇인가.
온갖 어둠을 응시하는 것이다."

-니코스 카잔차키스(Nikos Kazantzakis)-

3장 / 가을밤의 호숫가

당신은 그저 당신 그대로이다

나는 푸른 행성을 사랑했어.

나의 행성에서는 볼 수 없는

푸르름이 사무치게 아름다웠거든.

푸른 행성

온 힘을 다해 동경했지.

나를 바꿔가면서까지.

그땐 몰랐어.

나도 나만의 빛깔로 온전히 빛나고 있었다는 것을.

푸른 행성

그 푸른 행성은 나를 아름다운 눈꽃이라 부르며

동경하고 있었다는 것도.

푸른 행성

푸른 행성은 어찌 저리 아름다운 빛을 낼까?

고요하게 앉아 침묵한 뒤에야 알게 되었어.

빛나는 모든 것은 검은 밤이 품고 있었다는걸.

나의 검은 밤 속 반짝이는 것들에 집중하기 시작했어.

내 마음에 가득 담고 아껴주어야지.

아주 작고 희미하더라도 모두 품어주어야지.

푸른 행성

그것들은 하나둘 모여 숨을 내쉬듯 고운 선율을 뱉어냈어.
눈을 감고 오래도록 귀 기울였어.
집중하고 또 집중했지.

나를 안온하게 만드는 것들은
당연하게도 푸른 행성이 아닌 내 안에 있었어.

"지독하게 검은 나의 존재는

네가 품은 수많은 반짝임을 보여주기 위함이야.

저 멀리 아주 작고 희미한 것까지 너에게 닿을 수 있다면

나는 너에게 하염없는 칠흑이 될게."

검은 밤으로부터.

검은 밤

가을을 열며

모든 사람의 세상이 초록으로 물들어 있을 때
나의 세상만 갈피를 알 수 없는 아득한 어둠으로
깊이 가라앉고 있다고 여겨질 때가 있습니다.

살다 보면 셀 수 없는 밤이 찾아오지요.
가끔은 오래도록 아침이 찾아오지 않기도 하고
차디찬 새벽의 통로에 멈춰있을 때도 있어요.

막연한 불안감 앞에서
나의 작은 용기를 외면한 적이 있었나요?
남과 비교하며 나를 채찍질하고

상처 가득한 아픈 마음을 머리맡에 둔 채
억지로 잠을 청했던 밤이 있지는 않았는지요.

지독하게 검은 밤이 우리를 잊지 않고
찾아오는 이유는 무엇일까요.

밝음 가운데 더 밝은 빛을 갈망하는 우리가 가여워
어둠은 우리를 쉼 없이 찾아오던 게 아니었을까요.
우리 안의 빛나는 것들을 직시하라고.
이렇게 수많은 반짝임을 보여주기 위해
어제보다 오늘 더 검게 있어 주겠노라고.

우리는 그 밤을 온전히
더 자세히 볼 필요가 있습니다.

우리의 빛나는 성공과 만족, 행복만을 쓰다듬어주기 이전에
그 모든 것들을 감싸고 있었던
우리의 실패와 좌절, 아픈 과거와 외로운 현재를 안아주세요.
너라는 바탕이 있었기에 지금의 내가 있다고.
너라는 바탕이 있기에 앞으로의 내가 있을 거라고.

이제 우리는 아픈 어둠을 보며
빛의 조각을 찾을 수 있습니다.

빛과 어둠이 끝없이 교차하는 삶의 흐름 속에서
어둠을 마주해야만 그 안의 빛을 더 선명하게
볼 수 있다는 것을 우리 잊지 말기로 해요.

당신의 검은 밤은
슬픔으로 당신을 지배하려는 것이 아니라
슬픔이 당신을 지배하도록 내버려 두지 않기 위함이라는 것을.
그 밤을 밀어내려 하면 두려움이 되고 품으면 용기가 된다는 것을.

새
벽

얼마나 깊이 담아두었던 걸까.
너를 꺼내버린 이 새벽은
아침으로 가는 길을 잃은 듯
끝도 없이 길어진다.

눈을 뜨자마자 떠오르는 얼굴에 종일을 설레다가 기다림에 지쳐 영원 같은 새벽을 맞이하는 일. 별 의미 없을 한마디에 몇 달 치 미소가 입가를 한달음에 건너가기도 했다가 무심한 침묵에 날선 얼음을 가슴 밑으로 욱여 삼키게 되는 일. 쏟아 붓고 텅 비어버리기를 반복하며 요동치는 감정선을 타고 한 없이 흐트러지는 일. 내 마음을 내 마음대로 할 수 없는 일.

나를 사랑하지 않는 사람을 사랑하는 일.

베
고
니
아

상
사
화

꽃이 필 때 잎은 없고
잎이 자랄 때는 꽃이 피지 않으므로
서로 볼 수 없다고 하여 지어진 이름.

달
맞
이
꽃

세상에는 아무리 노력해도
이루어지지 않는 연이 있어요.
닿을 수 없는 진심과 엇갈리는 시간 속에서
그리움과 아픔이 뒤섞인 날들을 보냈다 하더라도
그 시간을 절대 헛되었다 생각하지 마세요.
노력하지 않아도 계속 품에 닿는 연을
더 소중하게 받아들일 수 있는 마음을
알게 되는 과정이니까요.
내가 사랑하는 사람이 나를 사랑해 주는 것은
기적이라고들 하잖아요.

그리움은 노을과 같다.

짙은 붉음이 푸른 하늘을 서서히 삼키며

어두운 밤을 짓고, 마음에 그림자를 드리운다.

그제야 보이기 시작하는 작은 별들이

슬프도록 아름답게 빛이 난다.

그
리
움

분갈이

마음에도 분갈이가 필요합니다.
더 이상 뿌리가 뻗어나가지 못하는 상황에
자신을 가두어두지 마세요.

오랜 뿌리를 잘라내는 것이
당장은 아플지 몰라도
훗날 더 푸른 잎을 틔우기 위해
반드시 해야만 하는 과정이에요.

상처의 다발을 비워내고
생기 가득한 꽃이 담길 자리를
마음에 내어주세요.

쉼

쉬고 싶다는 말이 잦아졌다.
시간을 내어 조용한 곳을 찾고
가까운 사람들과 따뜻한 커피에 수다를 겸해도
쉼이 느껴지지 않을 때가 있다.

완전하게 쉰다는 것은
감정이, 사람이, 상황이 고파질 때까지
철저히 혼자가 되어 고립되어야지만
가능할 때가 있다.

우선순위

일과 사람 위에
나의 행복을 더 높게 둔다면
세상은 한결 쉬워질 텐데.

자꾸만
나의 행복 위로
일과 사람을 두게 되어
행복을 과거 혹은 먼 미래에
묶어버린다.

살다보면

그저 참는 일이 많아진다. 내 감정보다는 상대방의 감정을 먼저 살펴야 할 일이 많아지고 그게 타인과 나를 위해 좋은 선택이라고 여겨질 때가 잦았다. 마음의 짐을 혼자 짊어지고는 슈퍼맨이 된 듯 옳은 선택을 했다고 생각할 때면 늘 뒷전에 놓아둔 나의 감정에 그만큼의 탈이 났다.

이런 이야기를 털어놓으면
잘 참았다고 어른이 다 되었다며
머리를 쓰다듬어주는 사람보다

왜 그랬냐 되려 열을 내며
부단히 감추고 숨기려던 감정을
모조리 꺼내어 주던 사람이
나는 참 눈물 나게 고마웠다.

아물지 않은 살갗은
보드라운 면사포에도
아픔을 느끼기 마련이다.

걱정이 담긴 한마디와 조심스럽게 내민 손길.
배려한다고 생각했던 행동들이.
그 보드랍고 고운 마음들이.
누군가에겐 여전한 아픔일 수 있다.

이렇듯 위하는 마음은 가끔
상처 위로 또 다른 상처를 내며
치유를 보채는 일이 되어버리기도 한다.

장
작

자유롭게 타오르는 장작을 보면
혼란을 잠재우는 의식을 행하는 듯하다.
무수한 번민을 모조리 태워
하늘의 별빛 품으로 가볍게 놓아주라고.
내가 널 대신해 불꽃이 되어 춤을 선보일 테니
이 춤이 끝날 때까지 나와 함께 마음껏 요동치자고.
무색의 재가 되어 아무것도 남지 않을 때까지.

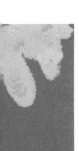

화병

만개한 꽃처럼
보이기를 원했다.

아픈 가시를 품고 있다는 것을.
저 맨드라운 꽃잎은 사실 뿌리
잘린 줄기에 부들부들 떨며 겨우
매달려 있다는 것을.

뿌옇게 바랜 물속에
모두 숨겨놓은 채.

진
통
제
　같
은
　행
복

아프면 참지 말고 약을 먹으라는데,
마음은 몸과 같지 않다.

우리는 마음에 피로감이 조금만 쏟아져도
섣부르게 진통제 같은 찰나의 행복을
덥석 집어삼켜 버린다.

아픈 마음이 어디에서부터 기인하는지
무엇이 마음의 통증을 지속되게 하는지
정확한 진단을 내리기도 전에 말이다.
그에게도 시간을 주자.
행복하면 마음껏 웃을 수 있는 것처럼
아픈 마음에는 한껏 울 수 있는 시간을 주어야 한다.

그
저
소
나
기

슬픔에 갇히지 않기 위해 노력하지 마세요.
흠뻑 젖어도 괜찮아요.
아픔의 폭우를 자세히 들여다보세요.
애초에 그 소나기는 모든 세상을 쓸며 지나가는 터라 당신을
가둘 수 없으니까요.

호수 속에 내가 보였다.
작은 바람의 무게조차 견디지 못해
심하게 요동치는 유약한 나의 마음이.

사방으로 긴 한숨을 내쉬듯
끝없이 일렁이고 부서지며
반대편 가장자리까지 가닿는다.
그리고 바람이 잦아들면
다시 그 자리에 선명해졌다.

나의 마음아, 괜찮다.
가라앉거나 조각나 사라지지 않는 거라면
적당한 흔들림을 담은 채
끝없이 흐트러져도 괜찮다.
한없이 휘어져도 괜찮다.
내가 여기 있으니.

마음 놓고 불행해도 돼

"네가 느끼는 모든 감정이 세상 앞에서 절제되
어야 할 때마다 나를 보는 네 눈빛에서만큼은
너의 아픔이 여과 없이 흘러나왔으면 좋겠어.
내 앞에서만큼은 마음 놓고 불행할 수 있으면
좋겠어."

마음껏 힘들어하는 것조차 쉽지 않은 세상.
무거운 입꼬리로 쓴웃음을 지어 보이는 게
차라리 더 쉽고 효율적인 참 아픈 세상.

버거운 감정들을 생선 가시 삼키듯
가슴 밑으로 꾸역꾸역 밀어 넣으며
버티고 있을 당신에게 꼭 말해주고 싶다.

내 품속에서 마음껏 무너져 내려도 좋다고.
당신의 무너짐까지 내가 안아주겠다고.

가
을
나
무

당신은 그저 당신 그대로이다.
결국 어떠한 모습을 하고 있어도
하늘을 향해 가지를 뻗고
더 깊은 곳으로 뿌리내리며
당신도 모르는 순간들 속에서
숨 쉬듯 쉼 없이 성장하고 있는
그대로의 당신이다.

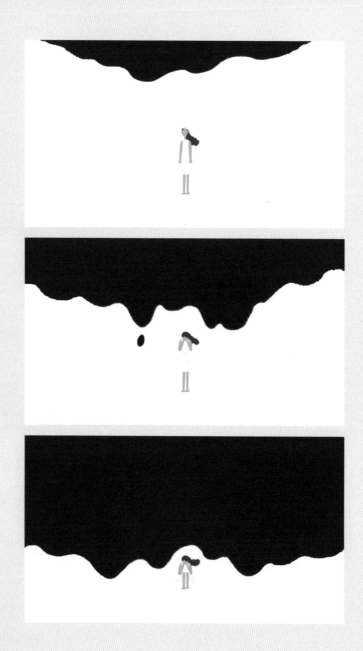

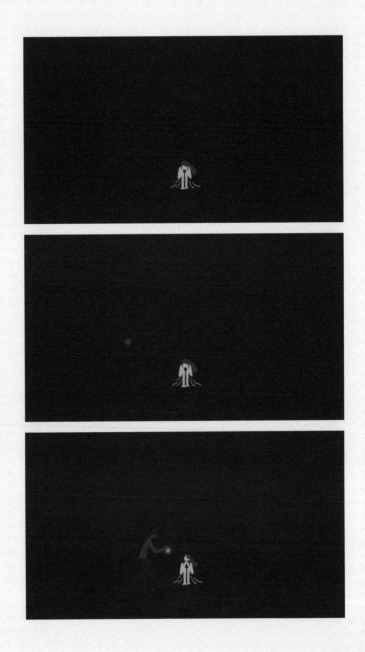

봐, 잠시 밤일뿐이야.

"삶을 하나의 무늬로 바라보라.
행복과 고통은
다른 세세한 사건들과 섞여들어
정교한 무늬를 이루고
시련도 그 무늬를 더해 주는 색깔이 된다.
그리하여 마지막순간이 다가왔을 때 우리는
그 무늬의 완성을 기뻐하게 되는 것이다."

-영화 〈아메리칸 퀼트〉-

4장

겨울은 반드시 봄이 된다

나의 삶을 사랑할 때

어디로 가야 할지 모르겠을 땐.

유약한 빛을 모아

그냥 앞으로 가면 된다.
나의 걸음이 없는 새로운 곳으로.

유약한 빛을 모아

앞이 보이지 않을 땐.

유약한 빛을 모아

빛을 쥐고 앞으로 가면 된다.

유약한 빛을 모아

내가 쥔 빛이 스멀스멀 꺼져가는 유약한 용기일지라도.

과거에 맺힌 나약한 추억의 조각일지라도.

앞을 볼 수 있는 모든 빛으로 모아

두 손에 꽉 쥐고 디딜 걸음 하나만 비추면 된다.

유약한 빛을 모아

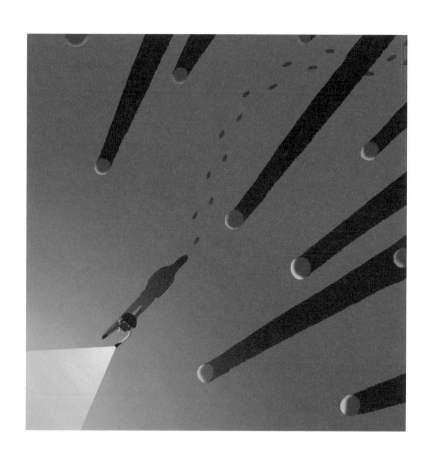

그렇게 어둠을 등지고
그저 한 걸음씩 나아가다 보면 보이지 않겠는가.

유약한 빛을 모아

나의 세상이.

유약한 빛을 모아

겨울을 열며

어쩌면 우리는 갈피를 알 수 없는 세상을 방황하는 여행자일지도 몰라요. 낯선 길이 반복되는 삶 속에서 어디로 얼마나 더 가야하는 것인지 도통 알 수 없을 때도 있고, 가끔은 내가 알던 세상이 맞긴 한 건지 의문이 들 때도 있으니까요.

그래도 우리는 가지 않은 길을 향해 걸음을 내딛으며 매일을 살아냅니다. 뒤돌아 당신이 밟아온 수많은 발자취들을 돌아보세요. 그 시간들이 결코 제자리걸음이 아니었음을 증명해 주니까요. 한발 한발 내딛는 그 걸음에 당신의 인생이 완성되어가고 있다 말해주고 있으니까요.
당신은 충분히 잘하고 있어요.

우리의 도전이 순탄치 않아도
우리의 사랑이 우리를 아프게 해도.
당신이 흘린 눈물은 언제나 다음날의 희망을 피워내고
아픈 밤 다음에는 반드시 그만큼의 행복도 찾아온다는 것을
우리는 알고 있지요. 그걸로 됐어요.

우리를 다시 일으키고 내일을 걸을 수 있는 힘이 있다면
그걸로 충분합니다.
살아간다는 것은 각자의 속도와 보폭에 맞추어
그저 걸어나가는 여정이니까요.
당신의 걸음이 곧 길의 완성이니까요.

봄을 지나고 겨울을 지나며
또 다시 봄으로 인도할 당신의 모든 걸음에
부디 견딜 수 있는 아픔과 오랜 행복이 있기를.

마음이 걷는 길에는
애초에 정해진 출구가 없다.
그저 살아가는 여정이기에.

마음이 길을 잃었을 때는
잠시 앉아 쉬어주면 그만이다.

내 삶에 가장 긴 문장 사이에
쉼표를 찍어준다는 생각으로.

당신의 마음에
흐르지 않는 강이 있는가.

이제 그만 감정의 수문을 열고
자연스럽게 흘려보내자.

당신의 슬픔이 더 이상
넘쳐흐르지 않게.
고여 아프지 않게.
굽이치는 지난날들 사이로
새날의 줄기가 흐를 수 있도록.

강물은 흘러가도
강은 늘 그 자리에 있으니
모든 것은 그저 흘러가며
당신을 완성해 내고 있는 것.

넘실대던 슬픔의 흔적 위로
기쁨의 흐름이 차오르게 하자.
보내준 아픔의 가장자리에
푸릇한 감정들이 움트고 살아지도록.

흐
르
지
않
는
강

바람 따라 구름 따라 살자.

방향 없이 불어대는 바람에
멋대로 마음을 맡기라는 말이 아니다.

텅 빈 구름처럼 하릴없이
삶을 배회하라는 것도 아니다.

머물지 않는 것들과 붙잡을 수 없는 것들로부터
쓰린 마음을 거두고, 곁을 함께했음에 감사하자고.

온갖 비를 잔뜩 머금은 채 아픔의 덩이를 불리지 말고
시원하게 쏟아내며 가뿐한 마음으로 삶을 흘러가자고.

바람 따라 구름 따라.

번
아
웃

무기력증은 어떠한 전조도 없이 어느 날 찾아오곤 한다.
넘쳐흐르던 의욕은 하루아침에 온데간데없이 사라진다.
퀭하게 풀린 동공과 젖은 솜처럼 무거운 몸뚱이만 남은 채.

열정이 쓸고 지나간 자리를
온갖 낙담의 문장들이 빠르게 대신한다.
결국 여기까지가 나의 한계인 거라고.
감당할 수 없는 만큼의 일들이었다고.
나태해진 지금의 모습이 나의 원형이고
제 자리를 찾은 거라고.

나는 이럴 때 손에서 일을 다 놓아버린 채
그저 먹고 굴러다니다 잠을 잔다.
그러다 도저히 안 될 것 같으면 특약 처방으로 산을 올랐다.

산을 오르다 보면 마음을 어지럽혔던 생각들과는 멀어지고
오로지 나의 걸음과 호흡에 집중하게 된다.
한참을 오르다 숨이 턱 끝까지 차오를 때면 그제야
잠시 멈춰 숨을 고르고 한껏 작아진 도심을 내려다본다.
'중턱까지 올라왔구나. 조금 쉬어가도 되겠다.'

그래 지금 내가 이런 시기인 거지.

무기력의 시기는 결코 하산의 과정이 아니다.
기껏 버티며 올라온 인고의 시간을 부정하고
첫걸음부터 다시 시작해야 하는 것이 아니라는 말이다.
그저 마음의 소강상태에서 다음 단계로 넘어가기 위해
반드시 존재해야 할 시간이다.
더 많은 것을 받아들이고, 더 강한 에너지를 쏟기 위해서
내면의 폭을 넓혀가고 있는 시기일 뿐이다.

나의 걸음이 옳은 곳을 밟을 수 있도록
발끝에 온 신경을 집중하며 신중을 기했던 만큼
열기를 식히고 지나온 길을 조망하는 시간.

다른 사람이 나를 앞서 먼저 오르던.
해가 뉘엿뉘엿 저물어가던.
나는 나의 보폭에 맞추어 잠시 숨을 고르고 목을 축이며
나만의 속도를 되찾으면 그만인 것이다.

그렇게 다시 올라갈 수 있는 쉼을 얻은 뒤
마음의 무게를 덜어내고 한 걸음 한 걸음 내딛다 보면
비워진 마음으로 정상을 맞이하게 된다.

유연한 마음으로

유연한 마음으로 살아가고 싶어요.

지나치게 무른 마음으로 온갖 풍파에 아파 않고

거친 마음으로 온갖 고운 것 위에 상처를 묻히지 않으며.

굳어져 가라앉거나 부러지지 않고

원한다면 어디로든 뻗어나갈 수 있는

유연한 마음으로.

마음의 손님

마음에 많은 손님이 다녀간다.
버선발로 달려 나가고 싶은 설렘으로.
뜻하지 않게 찾아온 시련으로.
끝까지 붙들고 싶은 기쁨으로.
떠나보내고 싶은 고통으로.
수도 없이 머물다 간다.

모두가 나에게 찾아온 손님이니
제 몫을 다해 머물다 갈 수 있도록
마음 다해 맞이하겠다.

아픔의 손님이라면
행복보다 더 정성으로 대접하겠다.
내 마음속에 잠시 머무르다
편히 떠날 수 있도록.

별
의
바
다

가만히 바라보면 바라볼수록
더욱 빼곡해지는 별의 바다.

별이 바탕이 되고
빈틈이 별이 되던 그날 밤.

나는 그 시선에 기대어
내 마음을 오래도록 바라보았고
무수히 촘촘해지는 감정들을
깊은 곳에 눌러 담았다.

겨울 속의 봄

작은 장작의 은은한 몸짓에
온갖 따뜻함이 일렁인다.
취향에 맞는 음악과 적당한 취기에
우리의 마음도 일렁이던 겨울밤.

창밖으로는 보이는 하얀 거리엔
손을 맞잡고 걸어들어온
우리의 나란한 흔적이 고스란히 묻어있다.

서로의 곁이 더욱 따뜻하게 느껴지는 이 밤.
작은 행복들이 마음에 소복하게 쌓인다.
우리에게 겨울이 있어서 참 좋다.

건너가자

흰 눈이 사르르 녹으니
본연의 대지가 드러난다.
잠시 덮어놓았던 마음들이 피어난다.
이제는 초록으로 건너가자.

망설임 없이 가고자 하는 곳으로.
취하고자 하는 마음으로.
사랑을 향해 삶을 향해
건너가자.

매일을 다시 건너야 한다고 해도
또 건너가자.
봄으로.
내일로.

행
복
은

행복은
절대로 숨어있지 않아.
도처에 피어나 있는 것.

꽃
에
게

나는 당신이 타인의 향기를 쫓아
아파하는 일이 없었으면 좋겠다.

당연하게 피어날 수밖에 없는 당신은
그 존재만으로도 아름다운 꽃이기에
당신의 계절이 오면 온 힘을 다하여
피워 내면 되는 것이다.

그 누가 겨울보다 봄이 앞섰고
봄보다 겨울이 뒤처졌다 할 수 있겠는가.
계절은 무한한 것이며
모든 꽃에겐 각자의 계절이 있으니.

겨우 피워낸 마음이 비바람에 붙들려
금방 져버리더라도 괜찮다.
언제고 더 아름답게 피어오를 당신이니까.

당신이 소중한 이유

생과 사가 끝없는 흐름을 이루는 이 세상에서
당신은 그저 당신으로 생을 살다 당신으로 마감한다.
전 우주를 통틀어 당신은 오직 단 한 명.
수 세기가 지난다고 해도 당신은 그저 당신이었던 단 한 명.
그 누구도 대신할 수 없고 당신 이외의 당신은
존재할 수조차 없는 이 세상이기에.

당신은 소중하다.

덤

타인을 사랑하는 모습을 통해
나 자신을 사랑할 수 있게 되는 일은 없다.

나 자신을 사랑하는 모습이 선행된다면
타인을 사랑할 수 있는 마음은 덤이다.

그저 순서만 바꾸면 모든 게 해결된다.

행복이라는 업무

조금도 망설여서는 안 되는 일이 있다.
나 자신을 사랑하는 일.
나의 행복을 위한 일.
다른 어떤 것보다 최우선이 되어야 하는 일.
미루어서는 안 되는 행복이라는 업무.

동
력

불안정한 감정들도
당연한 나의 모습 중 일부로
온전하게 받아들이는 일.

다 지나가게 되어있다.
영원할 것 같은 기쁨도, 끝이 보이지 않는 아픔도.
거듭 마주하고 거품처럼 사라지기를 반복한다.

그렇게 굽이치는 감정의 물살 위에서 중심을 잘 잡아가다
보면 언젠가 나에게 얼추 잘 맞는 파도를 만나지 않을까.

그 파랑 위에 자연스레 마음을 맡기고 오르내리다 보면
달갑지 않던 감정들도 다채로운 삶을 완성해낼 동력이 되어
있지 않을까.

눈
부
시
게

그 시절 우리가 빛나기 시작한다.
멍든 기억은 이제 다 닳아 없어지고
곱디고운 기억들만 한 움큼 남아
눈부시게 빛을 낸다.

듣기만 해도 포근하고 편안해지는
단어들이 마음속에 빼곡해지면
같은 의미로 한마디를 내뱉어도
위로이자 이해의 문장을 완성해낸다.
그 문장들은 타인은 물론 자신을
이해하며 토닥일 수 있게 만든다.
다정한 말들을 곁에 두자.

다
정
한 말

당연한 행복

나는 당신의 행복이 당연했으면 좋겠다.

어느 날 강한 자극으로 다가오는 벅찬 행운보다는
소소하고 바지런하게 찾아오는 기쁨의 잔상들이
가랑비에 젖어 들듯 소복하게 쌓여가기를.

살다가 문득 고개를 들었을 때
지천에 내려앉은 행복감이 너무도 당연해서.
갈망하던 일상임조차 까맣게 잊어버린 채.
그 순간들을 마음껏 낭비할 수 있도록.

쉬이 사라지지 않는 그런
짙고 깊은 행복으로 촘촘해진 삶을
당연하게 안주하기를.

겨
울
나
무

봄꽃이 눈물에 다 져버려도
다시금 파란 이파리를 틔워내고
소낙비에 생애가 다 젖으니
오색의 빛으로 피어나던 당신.

결국 모든 잎을 털어내고
그저 당신 그대로의 모습으로 있음이
사무치게 아름답다.

Epilogue

　　끝없는 감정의 곡선을 타고 웃음과 눈물 사이에서 애처롭게 자신을 완성하고 있는 당신에게. 그리고 나 자신에게. 그 모든 과정이 너무나 자연스러운 일이라고 말하고 싶습니다. 지나가고 다시 돌아오는 계절의 순환처럼 말이에요. 다만 그 변곡점에서 나의 중심을 다잡아주던 감정은 늘 사랑이었습니다.

사랑이라는 단어를 좋아합니다.
나에게 언제나 숭고한 영역으로 들리던 단어 '사랑'
모든 것을 멈추게 하는 아픔이자
다시금 일어설 수 있게 만드는 동력.

그저 풀잎만 바라봐도 콧노래가 나오게 하는 것. 지나치던 모든 것에 이름을 짓고, 의미를 부여하게 되는 것. 아름다운 것을 더 아름답게 볼 수 있게 하는 것. 누군가의 세상을 품게 하는 것. 주어도 모자라고, 받을수록 덩이를 불리는 것. 아빠를 애달프도록 용감하게 만들고, 곱디고운 엄마의 뺨에 눈물길을 만드는 것. 좋아하는 일을 할 수 있도록 부추기는 것. 무엇이든 할 수 있고, 어디든 갈 수 있다고 믿게 하는 것. 내가 품은 모든 감정을 샅샅이 뒤지고 꺼내어 온 신경으로 느끼게 하는 것.

자신에게 줄 수 있는 최상의 선물. '사랑'

그 감정을 이리저리 두들겨 보며 의미를 찾아 헤매던 날들. 그 소박한 파편을 당신 곁에 소복이 놓고 갑니다. 그림을 그리는 것이 저에게는 비우고 채워가는 과정이었어요. 표헌하고자 하는 마음을 화지 위에 풀어내고, 해소되어

비워진 마음에는 새로운 감정을 채워가며 균형을 잡아가는 행위이지요. 그렇게 지어진 그림과 문장들이 당신의 일상에 머물며 지나친 마음은 덜어주고, 부족한 마음은 조금이나마 채워주며 자연스레 곁을 함께 하기를 바랍니다.

언제나 잘해왔고 지금도 잘하고 있다고, 앞으로도 잘 해낼 수 있을 거라는 용기와 사랑을 주신 부모님과 나의 유약한 읊조림을 품어주고 말동무가 되어주었던 사람들에게 고마운 마음을 전합니다.

연애부록

사랑에 관한 N개의 질문

"눈을 뜨면 늘 네가 있었으면 좋겠어."

Q. 연인이 사랑스럽다고 느껴지는 순간은
언제인가요?

_____

_____

_____

_____

_____

_____

Q. 사랑은 서로를 닮아가는 것.
연인에게 닮고 싶은 모습은 무엇인가요?

_____

_____

_____

_____

_____

_____

_____

"모든 게 평화로운 아침이야."

"익숙한 하루들이 편안해."

Q. 사랑할 때 열정적인 순간과 편안한 순간 중
어떤 순간을 더 좋아하나요?

_____

_____

_____

_____

_____

_____

_____

"같이 있어도 같이 있고 싶어."

Q. 소중한 사람과 어떤 시간을 함께
보내고 싶은가요?

_____

_____

_____

_____

_____

_____

_____

"고된 하루를 나누고
맥주 한 캔에
털어버리는 날들."

Q. 힘든 하루의 끝에서
연인에게 듣고 싶은 말은 무엇인가요?

_____

_____

_____

_____

_____

_____

_____

Q. 당신이 가장 좋아하는
연인의 행동은 무엇인가요?

_____

_____

_____

_____

_____

_____

_____

"네 곁에 있으면
아무 걱정이 없어지곤 해."

"장난스런 우리가 좋아."

Q. 떠올리면, 피식-

웃음이 나는 순간은 언제였나요?

"사소한 잠버릇."

Q. 서로만 아는 연인의 사소한 습관이 있나요?

_____

_____

_____

_____

_____

_____

"세상 모든 사랑 이야기가 다 우리 같아."

Q. 영화같았던 사랑에 대해 들려주세요.

_____

_____

_____

_____

_____

_____

_____

세상 누구보다도 서로를 잘 이해하고 있다는
안정감 안에서 사랑하는 일. 무엇을 좋아하고
싫어하는지 굳이 말하지 않아도 눈빛으로 알 수 있는
사이가 되고, 좁힐 수 없던 간극을 이해와 존중으로
채워줄 수 있게 되는 것. 꾸미지 않은 모습에 더 깊은
사랑을 느끼고, 서로의 시시콜콜한 사연까지
알게 되는 것.
함께 있다는 이유만으로 곁이 든든해지고, 누구에게도
터놓고 싶지 않던 아픔과 약점 앞에서도 나를 솔직한
사람으로 만들어주는 것.

편안함과 익숙함으로 서로의 소중함을 잊지 않기.
늘 존중하며 당연하게 여기지 않기.
사랑하고
또 사랑하기.